지극히 개인적인
질문은 사양하겠습니다

지극히 개인적인 질문은 사양하겠습니다

초판 1쇄 인쇄 | 2021년 9월 28일
초판 1쇄 발행 | 2021년 10월 12일

지은이 | 홍지원
발행인 | 이승용

편집주간 이상지 | **편집** 김태희 이수경
마케팅 이정준 정연우
북디자인 이영은 | **홍보영업** 백광석
제작 및 기획 백작가
검수 나단

브랜드 센세이션
문의전화 02-518-7191 | **팩스** 02-6008-7197
홈페이지 www.shareyourstory.co.kr
이메일 publishing@lovemylif2.com

발행처 (주)책인사
출판신고 2017년 10월 31일(제 000312호)
값 11,200원 | **ISBN** 979-11-90067-49-2 03810

* 센세이션은 (주)책인사의 퍼블리싱 그룹의 브랜드입니다.
* 이 책은 저작권법에 따라 보호받는 저작물이므로 무단 전재와 무단 복제를 금지하며,
  이 책의 전부 또는 일부를 이용하려면 반드시 센세이션의 서면 동의를 받아야 합니다.

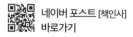
네이버 포스트 [책인사]
바로가기

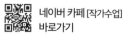
네이버 카페 [작가수업]
바로가기

지극히 개인적인
질문은 사양하겠습니다

당신에게는 아무것도 해줄 필요이 없습니다

홍지원 지음

SENSATION

차
례

CHAPTER 1. 나랑
Part 1. 어떤 결정을 했든 당신이 옳다

안단테   12
다만, 침묵하지는 말고 (1)   13
반가움을 전하는 마음   14
착하게만 살기보다 단단하게   15
함부로 말하지 마   16
회복해 나가는 것   17
서서히 다가오는 꽃   18
다만, 침묵하지는 말고 (2)   19
느낌표가 되기까지   20
다가올 그 날을 기대하며   21
모든 것이 평온하게   22
부족하지 않아, 절대로   23
때로는 그윽하게   24
주눅들 필요 없어   25
삶이 그런 거지   26

세상을 살아가는 길   27

감정을 누르지 말고 흘려보내   28

위로   29

충분히 괜찮은 사람   30

행복은 내 옆에 있다   31

겸손하게 받아들이되 단호하게   32

관계에서 나를 지키는 방법   33

냉정하게   34

멀고도 가까운 그 사이   35

겨울이 지나고 봄이 오듯이   36

타이밍   37

너라는 꽃   38

Part 2. 지극히 개인적인 질문은 사양하겠습니다

부족한 나라고 해도 괜찮아   42

지금처럼, 네가 해왔던 것처럼   43

나를 위로하는 방법   44

잠깐 쉬어가요   45

나 홀로 여행길에 오르다   46

안개   47

취업준비생   48

고된 하루를 마치고   49

지극히 개인적인 질문은 사양하겠습니다   50

주저하는 사람들에게   52

모든 순간   53

너에게 하고 싶었던 말   54

속 이야기 털어놓을 수 있는 사람   55

조금씩 삶에 기운을 넣어줘요   56

굽이굽이 가는 길   57

우리의 계절   58

잔잔하게 흐르는 강물처럼   59

어둠이 짙어진 밤   60

오늘을 사는 우리에게   61

지나간 것은 그대로 두어야 한다   62

내 인생은 내가 알아서 할게요   63

CHAPTER 2. 너랑
Part 3. 예민한 게 아니라 섬세한 것뿐이에요

과정을 거쳐야 나오는 빛   68

너에게 묻고 싶다   69

예민한 게 아니라 섬세한 것뿐이에요   70

날이 좋아도 마음이 추울 때   71

너의 오늘은 무슨 색이었어?   72

지친 나를 돌보는 법   73

사람도 오래 봐야 알 수 있다   74

빛나는 사람   76

거북이처럼 포기하지 않는다면   77

불완전한 마음   78

스쳐 지나간 정류장처럼   79

오늘을 소중히   80

인생의 페이지를 모으는 것   81

지금 이 순간을 살자   82

소중한 하루   83

함부로 정할 수 없는 관계   84

마음에도 청소가 필요해   85

어쩌다 서른다섯   86

오해와 진실   87

감당해 낼 수밖에 없는 것   88

중요한 것에 집중해요   89

어려운 일도 하면서 살아가는 수밖에 없다   90

CHAPTER 3. 사랑
Part 4. 미워하다가 그렇게 또 그리워해

작은 관심부터	94
지루하지 않은 긴 대화	95
모든 순간 영원히 함께하자	96
사랑의 세계	97
처음 약속한 그대로 걸어가자	98
전화해도 돼?	99
나를 알아주는 소중한 사람	100
그렇게 널 생각해	101
묵묵히 곁을 지켜주는 사람	102
다가갈 수 없는 너	104
지나간 세계	105
여자의 느낌	106
미워하다가 그렇게 또 그리워해	107
흩어진 나날들	108
여전히 아프지만 5월이 끝났다	109
슬픔에 머무는 시간	110
너의 기억 속에서	111
잊고 있던 너를 만나다	112

괜찮지가 않아   113

나만 보이는 사람   114

Part 5. 매번 기다리는 연애를 하는 사람들에게

애써 아무렇지 않은 척   118

헤어짐이 힘든 이유   119

하늘바라기   120

닿을 수 없는 마음   121

길 위에 나 혼자   122

아직도 남아있는 어떤 것   123

이제 마음을 내려놓다   124

흔들리는 계절   125

무너진 마음   126

늦은 결말   127

사랑을 피우지 못하고 시들었다   128

깊은 흔적   129

바람처럼 사라지다   130

온통 너로 가득해   131

사랑을 곱씹다   132

결이 같은 사랑   133

낯선 공기   134

매번 기다리는 연애를 하는 사람들에게   135

chapter 1.

나랑.

Part 1.

어떤 결정을
했든
당신이 옳다

안단테[*]

가본 적 없는 모르는 길을 가게 될 때
헤매거나 주위를 살핀다
핸드폰 속 지도를 의지하여 천천히 간다
사람과의 관계도 마찬가지다
무슨 생각을 하고 있는지
어떤 감정을 느끼고 있는지 살펴야 한다
우리는 때로 이 일을 제대로 하지 못해서
어긋나기도 한다
상대방의 속도가 어떠한지 이해하면서
서로 맞춰가는 것이 어떨까

* 안단테: 음악에서 느리게 연주하라는 말(걷는 정도의 속도).

다만, 침묵하지는 말고 (1)

상처를 받거나 서운한 일이 있으면

표현하지 못하고 마음으로 숨기는 경우가 있다

서운함과 오해가 쌓이면

이해할 수 없는 거리가 생긴다

마음이 맞지 않을 때

어긋나기 시작할 때

가만히 있는 게 아니라

생각을 이야기하고 감정을 나누면

해결점을 찾게 되지 않을까

반가움을 전하는 마음

밥은 잘 먹고 다니는지 궁금증
계절의 변화를 이야기하며 조심하라는 내용
별일 없는지에 대한 사소한 안부

우리는 이것을 놓치며 사는 것은 아닐까
너무 치열하고 먹먹한 세상에서
잠시 내려놓고 바쁘게 사는 것은 아닐까

착하게만 살기보다 단단하게

어렸을 때 "착하다"라는 말 한마디가
괜히 기분 좋았을지 모른다

자신의 주장을 뚜렷하게 말하는 사람,
적극적인 사람을 세상은 원하고 있다
씩씩하고 밝으며
자기 할 일을 해내는 사람을 기억하기 마련이다
조용히 생각해 보자
착한 게 좋은 거라고 너무 두루뭉술하게 한 건 아닌지

함부로 말하지 마

정말 평생을 친하게 지냈던 사람과
아무렇지 않게 덤덤하게
멀어지는 순간이 오게 된다
나를 두고 하는 이야기들이 흘러오면
참을 수 없이 마음이 아파진다
아무것도 모르면서

회복해 나가는 것

상처는 시간이 지나야 한다
손에 작은 상처가 나면 신경 쓰인다
약을 바르고 밴드를 붙이고
하루 이틀이 지나야 한다
상처가 천천히 아물 듯이
우리에게 있는 아픔도 마찬가지다
아픔이 빨리 사라지지 않지만
견디고 이겨내면 없어진다

서서히 다가오는 꽃

피지 않은 꽃이라고
작게 생각하지 않았으면 한다

누군가는 빠른 방법으로 일찍 피기도 하며
또 다른 누군가는 비록 느리지만
서서히 아름답게 피어나는 꽃이다

다만, 침묵하지는 말고 (2)

A: 힘들 때, 상처받았을 때 어떻게 말해야 할지
너무 어려워졌어

B: 우리가 겪고 있는 가장 어려운 고민이야
너무 마음에 담아두지 말고, 무엇 때문에 힘들고
상처받았는지를 조금씩 스스로 말해봐
이제는 힘들면 힘들다고 괜찮지 않다고 이야기해도 돼

느낌표가 되기까지

우리는 인생에 대한 물음표가 가득한 채로
그저 앞으로만 나아가며 살아가고 있다

자신에게 던지는 질문은 많은데,
답을 찾기란 쉬운 일이 아니다
인생 선배에게 찾아가서 고민을 털어놓아도
그 사람이 말하는 것은 정답이 아닐 수 있다

인생에 대한 물음표는
자신에게서 찾아야 한다
타인의 삶을 비교할 필요가 없으며
부러워할 필요가 없다
자신에게 더 집중하여 찾으면 된다
올바른 방향으로 가고 있는지가 중요하다

다가올 그 날을 기대하며

좋은 시절은 지나간 것이 아니라
아직 너에게 오지 않았음을,
그러니 매 순간 최선을 다해 아낌없이 살아갈 것
후회도 후퇴도 없는 앞으로 나아가는 인생이기를

모든 것이 평온하게

소란한 것들이 바다 파도에 휩쓸려
다시는 오지 못하도록 멀리 떠나갔으면 좋겠다
부디 아름답고 좋은 것만 차고 넘쳤으면

부족하지 않아, 절대로

내세울 것 없다고 좌절하거나
초라하다고 생각하지 말아
다른 사람보다 네가 가지고 있는 무언가가
더 위대하고 가치가 있어
사람들의 시선과 수군거림에 너무 흔들리지 마
그들은 아무것도 모르니까 하는 말이야
자신을 있는 그대로 받아들여 봐

"나는 가치 있는 사람이야"
"나는 훌륭한 사람이야"

이렇게 계속 자신에게 말해보고,
거울을 보면서 밝게 웃어봐
분명 예쁘고 귀한 사람임을 깨닫게 될 거야
무너지지 말고 일어나
너는 충분히 괜찮은 사람이니

때로는 그윽하게

어떤 일을 단기간에 이루려고 하지 마라

빨리 이루어지는 만큼

한순간에 무너지기 마련이다

수단과 방법을 가리지 않고

빠르게 올라간다는 것은

다른 사람을 짓누르고 그 위에 선다는 것과 같다

조금은 깊이 있게

신중하게 선택하며 집중해도 늦지 않다

주눅들 필요 없어

바쁘게 사는 것도 좋지만

다른 사람 속도에 무조건 따라갈 필요는 없다

조금은 느긋하게, 더 지혜롭게 자신만의 인생을 즐기며

사는 것이 중요하다

삶이 그런 거지

그동안 해왔던 일들이 쓸모없던 게 아니야
단지 조금 다를 뿐이지
어디서 어떤 일을 하게 될지 모르지만,
우리가 경험했던 일들이 다 필요하고 도움이 될 거야
그러니 힘들고 어렵더라도 조금만 버텨
시간이 지나고 나면 '지금'이 필요한 순간이 올 거야

세상을 살아가는 길

자신에게 너무 미안해서

이것밖에 안 되는 사람이라

자신감이 없어져 힘들 때가 있다

어떤 것에 실패해도 상관없다

그것은 절대 잊을 수 없는 경험이다

작고 큰 경험들이 쌓이면

나의 인생은 성장해 간다

지금은 과정이라고 생각하면 어떨까

감정을 누르지 말고 흘려보내

부모님이 거실에서 영화를 보고 계셨다
정확히 무슨 내용인지 잘 모르겠으나
눈에 들어오는 문장 하나를 발견했다

'가끔은 실컷 우는 것도 좋아'

우리는 때로 눈물이 나오는 것을 꼭꼭 숨기려 한다
괜히 이상한 사람처럼 보일까 봐
혼자 있을 때는 마음에 있었던
어려움과 아픔을 다 쏟아내어도 괜찮다

위로

마음이 많이 힘들었지
이제 기운을 차리고 일어났으면 해
너에게 일어난 모든 일들이
이해할 수 없고 어렵다는 것을 잘 알아
언제까지 주저앉아 있을 수만은 없잖아
다시 시작할 수 있다는 모습을 보여줘
다른 사람의 시선이 뭐가 중요해
두려워하지 말고, 당당하게 너의 길을 찾아
너만의 자리에서 꼭 승리하기를
지금보다 더 활짝 웃기를 바라

충분히 괜찮은 사람

다른 사람에 비해
조금 안 좋은 결과가 있다고 해도
너무 주눅들어 지내지 말아

밥도 제대로 못 먹고
최선을 다해 노력했다는 것을
스스로가 너무 잘 알잖아

조금 느리다고 해서 좌절할 필요는 없어
시기가 다를 뿐이야

계절마다 피는 꽃도 다르잖아
너에게 맞는 정말 좋은 시기가 있다는 것을
잊지 않았으면 좋겠어

지금 그대로 너는 충분히 괜찮은 사람이야

행복은 내 옆에 있다

곁에 있는 행복을 눈치채지 못하고
다른 곳을 보며, 힘들어하고 있는 것을 아닐까

수많은 길들 앞에 하루하루가 놓여 있다
어떤 날은 너무 힘들어 포기하고 싶고,
다른 날은 생각지도 못한 일들로 즐거워한다

조금만 고개를 돌리면 기쁜 일이
조금만 생각해 보면 감사한 일이 내 옆에 있다

겸손하게 받아들이되 단호하게

다른 사람이 말하는 조언과 충고가 있다

모두 나를 위한 것이라고 하지만

어디까지나 선을 지키고

잔소리는 하지 말아야 한다

쓰고 달고 다양한 이야기들을

받아들이되, 그 말에 휘둘리지는 말아야 한다

때로는 겸손하게,

때로는 단호하게 표현하는 것이 중요하다

관계에서 나를 지키는 방법

모든 사람을 내가 좋아할 수 없듯이
나를 싫어하는 사람은 존재한다
왜 싫어하는지에 대해 고민할 필요가 없다
만나면 편안하고 기분 좋아지는 사람에게
에너지를 받고 또 나눠주는 것이 나를 지키는 방법이다

냉정하게

무언가에 도전할 때에도 용기가 필요하지만

아닌 것에 대해 끊어버릴 수 있는 용기도 중요하다

멀고도 가까운 그 사이

시간이 흐르고 계절이 지나니까 이제야 알겠더라
관계라는 것은 함부로 끊어낼 수 없다는 것을
단지 마음이 좋지 않아 웃을 수 없을 때 비로소 멀어진
다는 것을

겨울이 지나고 봄이 오듯이

얇은 옷이면 충분했을 가을이 지나니
차가운 바람이 자꾸 몸을 움츠러들게 만든다
지금 겪고 있는 아픔이 끝나면
따뜻한 봄이 오겠지
인생에도 찬란한 봄이 찾아오는 것처럼

타이밍

작은 초승달이 빛을 내는 것처럼

너에게도 곧 빛을 발하는 순간이 올 거야

너라는 꽃

모진 비바람 다 맞아도
꿋꿋이 견뎌내면
조금 더 단단해질 거야

그러니 세상 사는 게 힘들다고
어렵다고 주눅 들어 지내지 말아

아름다운 시기에
너라는 꽃이 피어난다는 것을
잊지 말았으면 좋겠어

Part 2

지극히
개인적인 질문은
사양하겠습니다

부족한 나라고 해도 괜찮아

어떤 날의 하루가 생각대로 흘러가지 못했다고
부족한 사람이라고 실망하지 않았으면 좋겠다
기분 좋은 날도 있고 어렵고 아픈 날도 있기 마련이다
조금 부족한 하루를 보냈지만, 내일 더 채워나가면 된다
그렇게 나만의 인생 경험이 쌓여가는 것이다

지금처럼, 네가 해왔던 것처럼

너무 애쓰지 마
모든 것을 잘 해내야 한다는 법은 없잖아
적당히 네가 해야 할 일들을
자연스럽게 소화하고 살아가도 돼
힘들면 잠시 쉬어가는 건 어떨까

너무 많이 먹으면 속이 안 좋고 아프잖아
우리 마음도 그래
너무 할 것이 많아서 복잡한 상태로
이것저것 하다 보면 소화불량이 될 거야
하나씩 천천히 마음을 가다듬어봐, 너만의 속도로 해봐

나를 위로하는 방법

주어진 상황 속에서 너무 힘들어 지칠 때가 있다
나에게 주어지는 역할이 너무 많아서
최선을 다한다고 했는데, 모든 것을 내려놓고
격하게 아무것도 하기 싫어지는 순간이 있다

일에 치여서, 사람에 치여서
힘없이 축 처져 있을 때, 어떻게 하는가

극도로 무기력한 상태가 되면 우선 충분한 쉼을 갖는다
잠을 자기도 하고, 혼자 있는 시간을 갖는다
마음 맞는 사람과 맛있는 음식을 먹으며 기분전환을 한다

이렇게 에너지를 얻고, 행복함을 느꼈을 때
비로소 다시 일에 몰두할 수 있는 힘이 생긴다
무기력함에 빠졌을 때, 나를 위로하는 방법을 찾아야 한다

잠깐 쉬어가요

이번 주가 참 힘들고 어려웠죠

단지 일 때문이 아니라,

인간관계에서 오는 감정 때문일 수도 있어요

얼마나 어려웠는지 알아요

그러니 오늘만큼은 편히 쉬어요

아무 생각도 하지 말고, 어떤 고민도 하지 말고

그저 편하게 소소하게 주말을 맞이해봐요

나 홀로 여행길에 오르다

현실이 너무 답답했고, 무너져버린 내가 싫었다
다시 일어나야겠다는 생각에 무작정 떠났다

넓은 창문이 있는 카페에서
바다를 바라보는 것만으로도
마음에 평안함이 찾아왔다
조금씩 걱정과 불안이 없어지는 듯했다

책을 읽으며 글을 쓰고, 산책을 즐겼다
좋아하는 것들로만 꽉 채운 날이었다
반복적인 일상을 뒤로하고 바다를 친구삼아
온전히 나를 만날 수 있는 하루가 당신에게도 필요하다

안개

눈이 온 것도 아닌데 갑자기 하얗게 변해버린 세상
너무 흐려서 앞이 보이지 않고,
전혀 예상할 수 없는 하루를 살아내고 있는
우리의 인생처럼 너무나도 닮아있다

취업준비생

있잖아,

오늘 하루를 내가 망쳤다고 생각할 때가 있어

중요한 일에 늦었다거나, 막상 어떤 일을 했는데

분위기도 사람들 표정도 이상했던 그런 날 말이야

도마 위에 파를 올려놓고 자르는 것처럼

한 장의 종이를 마구 찔러대는 것 같아

요리할 때 먼저 채소를 손질해 놓거나 준비를 해놓잖아

딱 그런 기분이었어

언제 끝날지 모르는데 하염없이 준비만 하는 거

그러다 하늘을 보는데 울컥하더라

"괜찮아 고생했어" 나에게 말해주더라고

고된 하루를 마치고

몸도 마음도 지치고
복잡하고 어지러운 상태에 놓여
작아지는 모습을 발견했을 때,
스스로 위로의 한마디를 해보는 것은 어떨까

"오늘은 이것으로 충분하다, 잘했어!"
"아름답고 예쁜 하루를 보냈어"

지극히 개인적인 질문은 사양하겠습니다

"나이도 있는데 결혼은 왜 안 했어요?"
어느 날, 면접을 보러 갔다가
얼굴이 빨개질 정도로 당황스러운 질문을 받은 기억이
난다
그저 일하고 싶을 뿐인데, 정말 필요한 질문이었을까
"결혼을 생각하며 만나오던 사람이 있었는데 잘 안 되었
습니다"라고 말했다
이에 대한 면접관의 대답이 마음을 더 힘들게 했다
"미안합니다, 요즘 결혼을 늦게 하는 경향이 있는 거 같
아서 물어봤어요"
복잡한 마음으로 면접장을 나왔던 그 순간이 또렷하게
남아있다

가끔 사람들은 무례한 질문을 요구한다
가족이나 친구는 괜찮지만, 친하지도 않은 사람이

무턱대고 개인적인 것을 물어보면 묵비권을 행사하고 싶어진다

"당신에게는 아무것도 말을 해줄 수가 없는데요" 암묵적으로 느껴질 수 있도록

주저하는 사람들에게

과거에 얽매이지 말고 이제는 나왔으면 해
현재를 살고 미래를 꿈꿔야지
주저앉아 있으면 아무것도 할 수 없잖아
새로운 마음으로 시작해 보는 건 어때
충분히 해낼 수 있어

모든 순간

계획대로 하지 못했다고 좌절하지 마세요

그만큼이면 충분합니다

감사한 일을 기억하세요

좋은 사람들을 만나고 기뻤던 일을 떠올려 보세요

분명 좋았던 순간이 당신에게도 존재합니다

너에게 하고 싶었던 말

경험하지 않으면 아무것도 모른다

인생이든 사랑이든 그 어떤 것이든 경험한 만큼 단단해

진다

속 이야기 털어놓을 수 있는 사람

"너는 언제 행복을 느껴?"

"마음 편한 사람과 도란도란 이야기를 나눌 때가 그래
이 이야기를 꺼내도 될까 고민하지 않고,
깊은 이야기를 할 수 있을 때 행복하다고 느껴"

조금씩 삶에 기운을 넣어줘요

지치고 힘이 드는 요즘에 너무 마음이 공허해지잖아요
괜찮아지겠지, 이제 곧 나아지겠지 했는데,
막상 나에게 주어지는 하루가 답답하다는 것을
그렇다고 너무 풀 죽어 있지 말아요
맛있는 것도 잘 챙겨 먹어야 해요

더불어 마음을 잘 들여다보는 게 필요해요
나에게 기쁨이 있는지, 행복이 있는지 차분히 생각해봐요
무언가 생각이 났다면 무엇이든지 해봐요, 다 좋아요
조금이나마 기분이 나아졌으면 좋겠어요
당신의 하루하루가 즐거웠으면 좋겠어요

굽이굽이 가는 길

인생 전체 속에서
좋은 날도 있고, 슬프고 아프며
어려운 날도 있다
우리는 인생을 '어떻게 견디느냐'이다
아름답게 혹은 불행하게

우리의 계절

단풍이 물들어 가는 것도

낙엽이 떨어지며 앙상한 가지만 남아

다음 계절을 준비하는 것도

푸른 새싹이 돋아나 꽃을 피우는 것도

누군가를 만나기 위한 과정을 인내하는 것도

삶을 버티며 끊임없이 이겨내는 것도

그 모든 아름다움은

많은 어려움을 견뎌야 한다

잔잔하게 흐르는 강물처럼

무엇이 옳은지 아닌지 분별해 나가며
너무 힘들지도 아파하지도 않는
적당히 기쁨과 행복이 있는
'잔잔한 인생'을 살아내자

어둠이 짙어진 밤

정신없었던 오늘을 이제 그만 놓아줘요

그래야 또 다른 내일을 맞이할 수 있어요

나의 소원은 당신이 잘 자는 거에요 평안하게

오늘을 사는 우리에게

스스로 너무 못났다고 생각하지 마세요
부족하다고 해놓은 것도 없다며 좌절하지 마세요
다른 사람과 비교할 필요도 없어요

그저 다른 속도로 이겨내고 있을 뿐이에요
조금 더 기운 넘치는 씩씩한 사람이 되길 바랄게요
하루하루가 그렇게 평탄하게 흘러가길

지나간 것은 그대로 두어야 한다

과거의 나보다
지금 한 단계 성장했다면 그거면 됐다
지나간 과거를 그리워하지도
회상하지도 말고 지금을 생각하자

내 인생은 내가 알아서 할게요

하고 싶은 것만 하며 살 수 없지만
이루고 싶은 꿈을 향해 나만의 경험으로
인생이란 그림을 그려나간다
조금 실수해도 조금 틀에서 벗어나도 다 괜찮다
어차피 내 인생이니까

chapter 2.

너랑.

Part 3.

예민한 게
아니라
섬세한 것뿐이에요

과정을 거쳐야 나오는 빛

어두운 터널을 지날 때면
그 순간은 두려울지라도
밝은 세상이 기다리고 있다

터널을 지나가는 '과정'이라고 생각하면 어떨까
우리는 삶 속에서 지나가야 하는 것이 있다
시험, 취업, 연애, 결혼 어려운 고비를 지날 때마다
어두운 터널을 지났다고 생각했으면 좋겠다
많은 터널을 지나야만 내게 오는 선물을
기쁨으로 맞이할 수 있다
지금 비록 길고 어두운 터널을 지나고 있지만
분명 밝은 빛이 가득한 세상을 맞닥뜨릴 순간이 온다
지치고 힘들지라도 마음을 잘 다스리며
묵묵히 해야 할 일을 해내는 것이다
부디 당신에게 좋은 소식만 흘러넘치기를

너에게 묻고 싶다

오늘 너의 하루 끝에서 궁금한 게 하나 있다
별일 없이 잘 마무리되어 가는지 말이다
공부를 하면서 일을 하면서 누군가와 갈등은 없었는지
저녁은 먹고 쉬는 중인지

"그래서 오늘 별일 없었어?"

예민한 게 아니라 섬세한 것뿐이에요

예민한 사람을 조금 까칠하고 날카롭다고 생각할 수 있다

그렇지만 다른 사람이 생각지도 못한 부분을

주의 깊게 관찰해가는 사람이다

당신은 너무 예민한 것이 아니라 섬세함을 지닌 사람이다

날이 좋아도 마음이 추울 때

요즘 어떻게 지내고 있어요?

길가에 꽃이 피었다는데 봤어요? 난 그 한번을 못 보네요

뭐가 그렇게 바쁜지, 하루가 정말 빠르게 지나가요

아침에 나갔다가 저녁에 오면

그냥 쉬는 것뿐인데도 벌써 자야 할 시간이 다가와요

당신도 마찬가지이겠지만 휴식을 취해봐요

잘 먹고 잘 쉬는 게 제일 좋아요

주말이 얼마 남지 않았지만 평안하게 잘 쉬어요

너의 오늘은 무슨 색이었어?

아름다운 무지개색이었니
아니면 어두컴컴한 검은색이었니
그것도 아니라면
여러 색깔로 뒤덮인 정신없는 하루였니

모든 사람이 너의 힘듦을 모른척해도
나는 잘 알고 있어
내게 와서 기대도 돼
마음이 아파서 눈물이 흐른다면
옆에서 같이 울어줄게
아무 말 안 해도 돼, 괜찮아
오늘 하루도 정말 고생 많았어, 푹 잘자

지친 나를 돌보는 법

누구에게도 연락하고 싶지 않고

이야기하고 싶지 않다 나는 웃음을 잃었다

무턱대고 이렇게 어떤 일을 감당할 자신이 없을 때

그 순간 우울하고 마음마저 밑바닥까지

내려가 다시 올라올 힘이 없을 때 아무것도 하지 않아도

괜찮다

애써 무언가를 하려고 아등바등 힘들이지 않아도 상관없다

하고 싶은 그대로 생각에 몸을 맡긴다

연락하고 싶지 않으면 핸드폰을 멀리하면 그만이다

대신에 맛있는 것을 먹고 좋아하는 음악을 들으며

나 자신과의 거리를 좁힌다면 그것으로 충분하다

다른 사람보다 나를 들여다보는 일이 중요하다

사람도 오래 봐야 알 수 있다

"원래 조용한 편이지?"
"말이 별로 없지?"

나를 처음 본 사람들은 조용하다고 말한다
사실, 말수가 적고 소극적인 편에 가깝다
사람들이 많으면 위축되고 눈치를 많이 본다

어느 순간부터 다양한 사람들을 만나고
하는 일이 바뀔 때마다 나는 달라져 있었다

때에 따라 추진력을 발휘하기도
서서히 친해지지만 진국 같은 사람이 되기도
어떤 자리에서는 수다스러운 모습을 보이기도 한다

그렇듯 처음 이미지만 보고 판단해서는 안 된다
원래 그런 사람은 없으며,
천천히 변화되어 가는 중이다

시간이 흐르면서 성장하는 사람이
험난한 세상을 이겨내는 것이다

빛나는 사람

그 누구보다 단단하며
아름다운 빛깔을 가진 사람이다
또 어디서든지 반짝거리는 사람이다
지금은 조금 초라하다고 힘들다고
그 빛을 발하지 못하는 게 아니다
분명 보석처럼 빛날 것이다

거북이처럼 포기하지 않는다면

예상하지 못한 곳에서 어려움을 만나고
잘 해결해 나가는 것 같다가 더 복잡한 상황에 놓이기도 해

그런데 그거 알아?
세상이 우릴 힘들게 해도 결국 꿋꿋하게 버텨낸다는 것을

부모님의 자랑거리가 되고, 각자만의 즐거운 인생이기도 해
조금만 더 기운을 내, 넌 무엇이든지 잘 해낼 거야

불완전한 마음

다른 건 다 괜찮은데, 마음이 다치는 건 싫어
마음에 상처는 지울 수도 잊힐 수도 없거든

스쳐 지나간 정류장처럼

여전히 지난날을 후회하고 있지는 않나요
어떤 일을 조금 더 열심히 하지 않았다고 말이에요
또 누군가를 조금 더 따뜻하게 대해주지 못하고
사랑을 주지 못한 것에 대한 아쉬움 그런 거요
너무 연연해 하지 말아요
지난 힘든 일, 어려운 감정 모두 강물처럼 흘려보내요
오늘 평온하게 잘 자고 내일을 맞이해요

오늘을 소중히

모든 것은 그 순간 지나간다

지나쳐 버린 버스도

떠나간 사람도

그리고 우리의 모든 인생도

모든 순간을 여행하듯 살아야 한다

인생의 페이지를 모으는 것

한 치 앞도 잘 모르지만

우리는 하루를 이겨내고 버티고

또 다양한 방법으로 겪어보고 있잖아요

어려움도 힘듦도 있지만

때로는 벅차오르는 감정을 마주하고

기쁘고 즐거움이 오기도 하니까

그 모든 것들을 쌓아가고 있는 거예요

지금 이 순간을 살자

멀리 보는 게 어려울 수밖에 없다
당장 내일의 일도 모르는 삶이니까
그저 오늘을 후회 없이 살아야 한다
행복하고 평안하게 최선을 다해서

소중한 하루

똑같은 일상이 반복되는 하루가 쌓이니
나는 없어지고 기계처럼 몸을 움직인다

한 줄기 빛처럼 다가온 꿀 같은 휴식은
다시 일어날 힘을 준다

포근하게 다가오는 햇빛, 귀에 들려오는 잔잔한 음악
더할 나위 없이 지금, 이 순간이 행복하다

일에 몰두하며 사는 것이 중요하지만
가끔 바람도 맞고 햇빛도 쐬며 살아야 한다

함부로 정할 수 없는 관계

인간관계의 정도를 한마디로 정의할 수 없지만
얕고 깊은 그 사이 어딘가를 헤매고 있는 것 같다

나 역시 그랬다
겉으로 보이는 모습만 생각하며 종이 몇 장 같은 관계와
진한 커피 향처럼 깊은 이야기를 나누는 그 경계를 오간다

옳고 그름을 따질 수 없지만 선택하며 관계를 맺는다
내가 정한 선 안에서 이야기를 꺼낼 수 있는지 없는지
결정한다

더디고 깊은 관계가 마음을 자꾸 건드리는 법이다

마음에도 청소가 필요해

사진첩에서 마음에 들지 않은 사진을 바로 지우는 것처럼
마음에 있는 깊은 자국을 바로 비워냈으면 좋겠다

바다 같은 마음을 지니고 있어서 그런 건지
온갖 멍들고 아픈 상처가 가득한데
모든 것을 버리지 못하고 쌓기만 하고 있다
나중엔 곪아 터지고 마는 순간이 올 텐데 말이다

단순한 삶은 안 쓰는 짐을 버리기만 하는 것이 아니라
마음에 있는 짐을 비울 때 비로소 간단해진다

어쩌다 서른다섯

흔히 나이가 있는데 연애를 안 하고 있거나
결혼을 안 했다면 나오는 이야기가 있다

"일하고 사랑에 빠졌어?"

겉으로 살짝 미소를 짓지만, 마음은 불편하다
삶에 있어서 누군가와 사랑을 하는 것은 중요하다
그렇지만 그 사람의 선택일 뿐이다

일하는 것이 더 소중하다면 연애는 나중에 해도 좋다
동시에 잘하고 있다면 좋겠지만 안 될 때도 있다
조언과 충고를 해도 잘 안되는 것은 어쩔 수 없다
위축되거나 작아질 필요 없다
어깨 펴고 당당하게 혼자만의 시간을 충분히 즐겨라

오해와 진실

어떤 일에 대해서 오해를 했으면

상대방의 이야기를 들어봐야 하는 것이 할 일이지 않을까

자신이 생각한 대로 고집부리면 그 관계는 머지않아 부

서져 버리고 만다

점점 오해만 쌓여가면 나중에는 더 크게 번져만 간다

누구의 잘못이든 진실을 알아야 한다

감당해 낼 수밖에 없는 것

뒤에서 말하기를 좋아하는 사람에게

다시는 에너지를 쏟지 않기로 했다

그렇게 행동한 적도 말을 한 적도 없다고

아무리 해명을 해도 그런 사람들은 또 다른 말로

사람들을 미혹하기 때문이다

상대의 잘못은 팝콘처럼 크게 부풀려 놓고

정작 자신의 잘못은 작은 돌멩이에 불과하듯이 퍼뜨리고

다닌다

어디서부터 잘못되어 꼬여버렸는지 자신은 알고 있다

적어도 나 자신에게는 솔직해야 한다

중요한 것에 집중해요

세상을 살아가는 게 마음처럼 잘 될 리가 없잖아요
사소한 문제가 생겨도 머리가 아플 지경인데
모든 것에 신경을 두고 있잖아요
복잡미묘한 감정이 끊이질 않는다는 것을 알아요

아파도 내 인생인데
누가 뭐라고 해도 흔들리지 말아요

"그 사람은 원래 그런가 보다" 하고 넘겨요
내 앞가림하기도 벅찬데 시간 낭비 하지 말아요
소중하고 정말 중요한 것에만 에너지를 쏟아요

어려운 일도 하면서 살아가는 수밖에 없다

"지금 있는 자리에서 한 발짝 띄는 것이 어렵겠지만 그
걸음이 곧 시작입니다"

복잡하고 차도 많은 서울을 혼자 운전해야만 했다
무서웠고 잘 할 수 있을까 걱정이 앞섰다
두려웠지만, 내비게이션을 의지하며
내가 해야 하는 일이니 천천히 해냈다

또 서울을 가야 하는 상황이 오면
한참을 망설이고 걱정하는 모습은 여전하지만
완벽하지는 않아도 괜찮은 성공을 거둔다

모든 일을 감당할 수 있는 능력이
우리 모두에게 잠재되어 있을 뿐이다
이제 그 능력을 꺼내 사용할 때이다

chapter 3.
사랑.

Part 4.

미워하다가
그렇게
또 그리워해

작은 관심부터

"그 일은 어떻게 되었어?"
"요즘 힘든 일은 없어?"

사소한 질문 같지만 중요하다
그만큼 관심을 가지고 바라보고 있다는 뜻이다

지루하지 않은 긴 대화

나와 이야기 하는 것을
피하지 않고 지겨워하지 않으며
편안하게 일상을 나누는 사람이
곁에 있다는 것은
정말 깊이 사랑하고 있다는 증거다

모든 순간 영원히 함께하자

언젠가 아무런 연락도 없이

너를 찾아간 적이 있었잖아

깜짝 놀라게 하려고 일부러 그랬어

사실, 많이 보고 싶었거든

네가 맨날 데리러 오니까

미안하기도 하고 그냥 그러고 싶었어

당황했지만 내심 너도 좋았지?

너의 어떤 모습이든 다 괜찮아

조금 단정하지 않아도

조금 서툴러 보여도 괜찮아

우리 이렇게 서로 어떤 모습이어도

영원히 사랑하자

힘든 상황이어도 여전히 사랑을 나누자

사랑의 세계

직업도 성향도 다른 사람이 만나
사랑하는 감정을 느끼고, 연애를 하는 과정이
그렇게 어렵고 아프고 설레는 따뜻함이다

끊임없이 대화를 나누며 맞춰가는 것이다
사소한 것 하나라도 놓치지 않으며 다정하게
그 사람의 기분과 마음을 알아주는 것이다

처음 약속한 그대로 걸어가자

나란히 걸어간다는 것은 많은 의미가 담겨있다
서로 걸음을 맞춰야 하고
살펴야 하며, 같은 곳을 바라봐야 한다
사랑하는 마음, 다정한 눈빛이 중요하다
사랑하는 사람과 나란히 걸어가는 것은
끝까지 해야 한다는 뜻이다

전화해도 돼?

무턱대고 전화를 하면 혹여나 하고 있었던 일에
흐름이 깨질까 봐 먼저 이야기한다
항상 물어보면 흔쾌히 괜찮다고 한다
어찌나 고맙던지 아직도 두근거린다
여전히 전화해도 되는지 물어보고 통화한다
이 마음이 배려이며 사랑이다

나를 알아주는 소중한 사람

비가 내리는 밤,
번개가 치는 무서운 밤에
잠 못 이루는 나를 어떻게 알았는지
불쑥 전화가 왔다
너의 목소리를 들으니
편안해졌고 잠이 잘 올 것 같다

내 마음을 알아주는 사람아
그렇게 오랫동안 서로 사랑을 하자
궁금해하며 애틋하게

그렇게 널 생각해

마음이 멀어지는 것을 보았다
그 마음을 데리고 오면
다시 이어붙일 수 있을까
기다리면 나에게 올까
너를 생각하니 서늘해지는 밤이다

묵묵히 곁을 지켜주는 사람

[요즘 어때? 잘 만나고 있어?]
친구에게 문자가 왔다 어떻게 말을 해야 할까 생각했다

[사실 좀 힘들어, 그렇지만 그 사람의 아픔이 내게 오더
라도 함께 극복하고 이겨낸다면 사랑으로 버틸 수 있다고
생각해]
천천히 내 생각과 감정을 토해냈다 이것이 오롯한 내 진
심이니까

[많이 사랑하고 있구나, 그 사람도 같은 마음일 거야]
눈물겹게도 그녀는 나를 위로해주고 있었다

[나에게 아픔을 털어놔도 되는데, 그게 어려운가 봐]
어떻게 할 수 없는 어지러운 마음을 고스란히 전했다

[누군가에게 자신의 아픔을 말한다는 것은 어려울 수 있어, 연락도 잘 해주면서 네가 더 신경 써줘 묵묵히 곁을 지켜주는 사람이 필요할지도 몰라]

코끝이 찡해오는 게 이상했다 그 사람을 기다려주는 것이 최선이라 생각했는데,
지금이 바로 한 발짝 다가가야 하는 순간임을 느꼈다.

다가갈 수 없는 너

사람들 사이에서
굳은 표정으로 지나가는
너를 마주쳤다
어찌할 바를 몰라 피했다
나 때문인 것만 같아서
미안해서 쳐다볼 수 없었다

지나간 세계

밤하늘에 반짝이는 별이 인사를 하듯
너에게 인사를 할 수 있었으면 좋겠다
어떻게 해야 닿을 수 있을까

여자의 느낌

오랜만에 만났는데 이상한 기분이 들었다
이야깃거리도 없이 몇 마디 하다 끊겼다
무슨 말을 해야 어색한 공기가 깨질 수 있을까
우리는 서먹함에 오래 머물렀다
자꾸 눈물이 앞을 가려 제대로 보지 못했다

미워하다가 그렇게 또 그리워해

네가 무슨 생각을 하는지 정말 모르겠더라
왜 바쁜지도 모르고,
연락이 오기만을 한참 동안 기다렸어
"할 일이 많아서"라고 하면 다 이해해 줄 것 같았니?
최소한의 예의는 필요하지 않을까
내가 애타게 기다리고 있다는 것을 느꼈을 텐데 말이야
지금은 바쁜 것이 괜찮아졌는지, 편히 쉬는 중인지도
모른 채 긴 밤을 지새웠다

흩어진 나날들

처음부터 누가 그렇게 잘 알겠어

부딪혀보고 느껴봐야 아는 거잖아

너의 말투가 자꾸 거슬렸어

짜증 섞인 목소리마저 달갑게 들리지 않아

미안해, 여기까지 해야 할 것 같아

사실 좋지만은 않았어

널 향한 마음이 조금씩 부서지고 있었거든

여전히 아프지만 5월이 끝났다

수줍게 인사를 건네며
보고 싶은 사람이라 했다
새로운 새싹이 돋아나는
사랑스러운 봄 같았다

하지만 우리는 어느 순간
생기 없는 꽃처럼 시들해졌다

슬픔에 머무는 시간

평생을 함께하자는 마음으로 만나왔는데,
한순간에 무너졌으니
지금 네가 가진 아픔과 상처가
어떻게 아무렇지 않을 수 있겠어

생각나면 생각나는 대로
보고 싶으면 보고 싶은 대로
충분히 슬퍼하고 아파해야
다음에 생각났을 때,
조금 더 괜찮아질 수 있어

너의 기억 속에서

늦게까지 전화로 이야기했던
그때가 떠올랐어
뭐가 즐거워서 웃음이 떠나지 않았을까
미지근해진 우리 모습이
순간 필름처럼 지나가는데, 정말 이상했어
그 장소를 벗어나고 싶은데, 아직 안되나 봐

잊고 있던 너를 만나다

늦은 밤, 익숙한 이름이 핸드폰에서 울리기 시작했다

궁금해서였을까, 잘못 누른 것일까

한참 동안 바라보다 결국 받지 않았다

지우지 못한 것이 내 잘못이기도 하지만

너는 무슨 생각이었을까

불현듯 내가 떠올랐을까 그것도 아니라면

대체 무슨 이유에서였을까

그 어떤 것도 알아채지 못하고 잠을 설치고 말았다

괜찮지가 않아

마음을 내어주고
정을 주었기 때문에
그 기간만큼의 시간이 필요하다

정리할 시간,
떼어낼 마음의 크기
도대체 얼마큼 울어야 끝낼 수 있을까

나만 보이는 사람

다른 사람들 사이에서
오랫동안 핸드폰을 보는 너를 보았다

몇 시간이 지난 후에 답장이 왔던 너였는데,
지금은 중요한 일인지 놓지 않고 있다
급한 일이 있는 걸까
다른 사람이 생긴 것일까
혼자 신경 쓰고 있다 어차피 끝난 관계인데

Part 5.

매번 기다리는
연애를 하는
사람들에게

애써 아무렇지 않은 척

이별을 맞닥뜨렸고
모르는 척을 해야 했다
마음이 아프고 아리다
너는 꽤 담담해 보여서

헤어짐이 힘든 이유

어떤 이별이든

가장 힘들고 아픈 것은

상대의 소식을

어디에서도 들을 수 없는 안타까움이다

하늘바라기

언제든 보고 싶으면
마음대로 꺼내볼 수 있도록
당신 생각을 하늘에 걸어두었다

힘들고 지치는 날 한번
당신이 사무치게 보고 싶은 날 한번
오늘따라 날이 정말 좋아서 한번

몇 번이고 들여다볼 수 있도록
당신 생각을 하늘에 걸어두었다

닿을 수 없는 마음

이토록 마음이 아프고 아린 것은
아마도 사랑의 크기가 달라서이겠지

너를 잊고 또 잊는다고 했는데
아직도 생각이 난다는 것은
수많은 계절이 지나도
잊을 수 없다는 뜻과 같아

그래서 너는 어떻게 지내고 있어
문득 내 생각으로 힘들어했으면 좋겠어
나만 아프기에는 억울하니까
정말 아무렇지 않은 네가 미우니까
조금이라도 힘들었으면 해

길 위에 나 혼자

떠나야 한다는 걸 직감적으로 알아차렸다

너무나도 조용했던 분위기를 더는 끌어올릴 만한

어떤 것을 생각해 내지 못했기 때문이다

더불어 너의 한마디가 내 마음속 깊은 곳에

자리 잡아 박혀버렸다

이제 우리에 대해 자신이 없어졌기 때문이다

아직도 남아있는 어떤 것

깜깜한 밤에 더 선명해지는 사람아

아침에는 낮에는 찾아오지 않고

어두운 밤에 어렴풋이 얼굴을 드러내는 그리운 사람아

그만 나를 놓아줘 부탁이야

새로운 사랑을 받아들일 수 있게 잘 떠나가 줘

이제 마음을 내려놓다

마음 저편 어딘가에 자리는 잡고 있지만,

떠오르지 않는 그런 오래된 사람이 있지 않나요

그런 사람이 오늘 문득 나타난 거예요

나에게 허락도 없이

사실, 새로운 이야기를 들었거든요

괜히 걱정까지 들더라고요

무슨 일일까 하고… 그러다 그만두기로 했어요

이제는 나에게서 멀어지려고 하는구나,

더는 아무런 소식도 들려질 수 없도록 가려고 하는구나

생각했어요

맞아요, 이렇게 혼자 생각해봤자 아무 소용없어요

너무 잘 되고 좋은 일 가득하면 조금 많이 아플 것 같지만,

속상해도 이건 어쩔 수 없는 그 사람의 길이니까

나는 내 길을 잘 가는 것밖에 할 일이 없네요

그렇게 우리가 가야 할 길은 너무도 다르니까

흔들리는 계절

너에게 잊혀진다는 것이 슬프기도 하지만
내가 너를 잊었다는 것은 마음 아픈 일이다

시간이 흐르면 무덤덤해지는 순간이 온다고 한다
'잊다'라는 것에 완결이 있을까
몇 번의 계절이 지나도 또 어느 순간 생각나는 것은 아닐까

무너진 마음

사실 기분이 너무 안 좋았어
너한테 나는 아무것도 아닌가
아니면 마음이 돌아서 버렸나

힘들고 아팠던 일 때문에
기다려주었고 안정되길 바랐는데,
정작 아무것도 모르고 있었어 정말 비참하더라
다른 사람한테서 너의 이야기를 들으니까
나는 아무것도 아닌 사람이라는 걸 깨달았어

늦은 결말

우리의 모든 일을

왜 각자 해결하려고만 했을까

조금 더 이야기하고

살피고 함께 고민하고

극복해 나가면 될 것을

그토록 혼자 아파하게 놔뒀을까

사랑을 피우지 못하고 시들었다

생각할 시간을 갖자는 것은
이미 모든 것을 정해놓고, 그동안의 쌓았던
사랑이란 탑을 하나둘 무너트리겠다는 말과 같다
참 바보같이 그 말을 철석같이 믿고
기다리고 또 생각했다
담담한 표정으로 마주 앉은 우리는 애꿎은 커피잔만
만지작거리다 결국 각자의 방향으로 걸어갔다
너의 머릿속에는 이별로 가득 차 있었는데
눈치 없이 아무것도 몰랐다

깊은 흔적

헤어진 이후로 메신저 알림을 꺼놓았다
진동이 울리면 너일 것 같아서 자꾸 들여다본다

주변에서는 왜 그렇게 핸드폰을 잘 안보는거냐고
불편해하지만 어쩔수 없다
애틋한 사랑이 담긴 대화에 정작 우리는 없고
각자의 인생만 남았으니까

바람처럼 사라지다

보고 싶다고 다시 한번 만나자고

연락이 왔을 때 사실 궁금했어

무슨 이유로 내가 생각나고 떠올랐을까

며칠간 이야기를 나눴는데 미안하게도

아무런 감정이 생기지 않더라고

네가 그랬잖아, 너무 아무렇지 않게 반응해서 놀랐다고

무덤덤했던 건 사실이야 어떻게 말해야 할지 몰랐어

결국 아닌 것 같다고 쐐기를 박았지

미안해, 마음을 다치게 한 것도 너를 밀어낸 것도

너는 이렇게 될 때까지 마음을 쓰고 고민했을 텐데 말이야

더 좋은 사람 만나려고 지금 이 시기가 필요할지도 몰라

아무 자격도 없지만, 쓸데없이 응원할게 잘 지내

온통 너로 가득해

아침에도 오후에도 조용하던 네가
나의 물음에 그제야 입을 열었다

기다리는 사람은 하염없이 기다리고
모르는 건지 아는 건지 별 마음이 없는 사람은
모든 일이 끝나고 나서 피곤하단 듯이
"바빴다" 한 마디로 끝을 내린다

그렇게 나의 마음은 조금씩 부서지고 있다

사랑을 곱씹다

책을 다 읽어야 비로소 마음에 와닿는 구절을
찾아내는 것처럼 사랑 또한 마찬가지이다
그 사람을 사랑하기로 마음 먹었다면
적어도 중간에 그만두는 일은 없어야 한다

결이 같은 사랑

이전 사랑이 아팠다고
다가올 사랑도 아픈 것은 아니다
조금 차이가 있을 뿐이다
기쁨과 행복이 걱정과 고민이
그리고 아픔과 어려운 것이
복잡하게 얽혀있는 게 사랑이란 감정이다

상대에게 너무 모든 것을 맞춰주지 말고
어떤 부분이 맞는지,
어떤 성향인지 알아가는 것이 중요하다
미리 두려워하지 말고, 누군가 진심으로 다가온다면
이번만큼은 온 정성을 다해 사랑하자
그 만남이 곧 인연일 수도 있으니

낯선 공기

너와 걸었던 거리를 다른 사람과 마주하니 이상하다
그때의 우리는 왜 그렇게 진심을 내보이지 않았을까
있는 그대로 느끼는 감정을 나열하지 못했을까
끝내 하지 못한 것만 남은 채 모질게도 잊어가고 있다

매번 기다리는 연애를 하는 사람들에게

사랑에서 갑, 을이라는 관계가 정해져 있는 것도 아닌데
어느 순간 이상하게도 을이 될 때가 있다

하염없이 기다리고 참아주고
또 마음에 담아두기를 반복하니 지쳐간다
그렇게 하나둘 쌓인 탑이 산산조각이 난다

연애도 사람과 사람을 마주하는 관계이니
표현이 중요하며
서운함을 이야기하고 감정을 토해내야 한다
눈치가 빠른 사람을 제외하고,
말하지 않아도 아는 사람은 없다

혼자 하는 사랑이 아닌
애틋하고 다정한 아름다운 사랑을 이어나가길
부디 당신의 결말은 행복하게 오래오래 살기를 바란다